(Conserver)

Edmond FÉVELAT

LE
CHIFFONNIER

POËME

Secourez qui chancelle et relevez qui tombe.

GRENOBLE

IMPRIMERIE PRUDHOMME-DAUPHIN ET DUPONT

Rue des Prêtres, 1

—

1876

LE

CHIFFONNIER

Dédié à mon ami,
HENRI MILLIÉ.

E. F.

LE

CHIFFONNIER

La lumière avait peur dans le carrefour sombre :
Ce n'était pas le jour, ce n'était pas la nuit ;
Cette heure n'appartient pas plus au jour qu'à l'ombre
Où Paris, sans dormir, reste pourtant sans bruit,
Court instant où le temps dans sa course s'arrête :
Ce n'était pas la veille et pas le lendemain.

Il venait lentement, son crochet à la main,
La hotte sur le dos. Il était vieux ; sa tête,
Vers la terre si basse, encore s'abaissait !
Un gamin eût trouvé, — la moitié de ce monde
Rit de l'autre moitié, — qu'il battait la seconde
Avec son chef branlant. —

     A sa main balançait
Une lanterne sourde à la mèche fumeuse ;
Elle éclairait son pas d'une lueur douteuse.
Mais il n'en pouvait plus ; enfin il s'arrêta,
Le souffle lui manquait. — Sur son visage terne
On lisait la souffrance. — Il posa sa lanterne
Auprès de son crochet, puis au mur s'arcbouta
Pour déboucler sa hotte, et, la posant à terre,
Il s'assit à côté.

     « C'est méchant d'être vieux,
— Dit-il ; — si je fumais, j'irais peut-être mieux. »
Il sortit son tabac. « Mais le tabac m'altère
» Et j'ai soif : la fumée aussi me fait tousser :
» Ah ! je suis vieux ! Là-bas tout paraît me pousser.
» Il me semble que j'ai, là, comme un poids énorme. »
Il montrait sa poitrine ; un souffle, bien plutôt
Un sourd râle en sortait triste comme un sanglot.
Sa main pourtant bourrait quelque chose d'informe :
Une pipe de terre au tuyau tout brisé,
Au fourneau tout noirci. Dans la langue imagée
Dont le peuple se sert et qu'il n'a pas changée,
Qu'il ne changera pas, car c'est trop malaisé

Pour nous de trouver mieux, cet objet impossible
Se nomme : un « brûle-gueule. » Il fallait l'allumer.
Malgré sa soif de feu, malgré sa toux terrible,
Le vieillard malheureux voulait encor fumer !
Il fouilla dans sa hotte, et de ce tas d'ordures
Il sortit un chiffon ; sa vieille main tremblait
Pour l'allumer. Il vit que le papier brûlait,
L'approcha de sa pipe. « Ah ! tiens, des écritures ! »
Dit-il. Il l'éteignit tout machinalement
Et garda le papier serré fiévreusement
Dans sa main. Un frisson agitait tout son être.
« J'ai su lire autrefois ; je m'en souviens peut-être,
— Ajouta-t-il encore. — Hélas ! je suis si vieux ! »
Un instant il resta pensif, silencieux,
Son front ridé brûlant dans ses mains amaigries.
« Si j'essayais pourtant d'avoir le souvenir ?
» Mais le passé n'est plus, je n'ai plus d'avenir ! »
    Un sanglot l'arrêta, ses paupières flétries
Et ses yeux presque éteints avaient laissé couler
Deux grosses larmes :
                    « Ah ! qu'ai-je donc à cette heure ?
» Quelqu'un m'aura fait mal, car je sens que je pleure ;
» On ne m'a pas touché, pourtant je sens rouler
» Sur ma joue une larme. En mon cœur quelque chose
» Semble se réveiller. Mais qu'ai-je donc enfin ?
» Vais-je pouvoir renaître, ou bien est-ce ma fin ?
» Voyons, si je lisais. C'est à peine si j'ose....
» Que me fait ce papier que je tiens, ce chiffon ?

» C'est lui qui m'a fait mal ; ma hotte tout au fond
» Aurait dû le garder. »

De la flamme mourante
Approchant le papier, il lut ce que voici ;
Il lut bien lentement, et d'une voix tremblante,
Ces vers d'un oublié que je rapporte ici.

Oh ! qu'il est doux d'aimer, ami, mère ou compagne,
Et de marcher à deux lorsque mai, tout en fleurs,
Vient rajeunir les bois, les prés dans la campagne ;
D'un baiser, le soleil sèche vite les pleurs
Que laisse le matin sur la rose endormie ;
Qu'il est doux de marcher deux, la main dans la main,
De sentir à son bras le bras de son amie,
De s'en aller ainsi tout le long du chemin
Bordé de verts buissons tout remplis d'églantines,
De suivre dans leur vol immense les oiseaux
Et d'entendre leurs voix joyeuses, argentines,
Dire ce mot : AMOUR !

Volant sur les roseaux
Et sur l'eau de l'étang qui tressaille elle-même
Au souffle du zéphir qui l'embrasse en passant,
Le papillon, l'insecte aussi dit à tous : j'aime,
Je suis heureux ! Et l'homme ajoute, en frémissant,

Un mot à ce concert, un mot à ce murmure,
Un mot que l'animal ne peut dire à son tour ;
Il n'ajoute qu'un mot au chant de la nature,
Au refrain des oiseaux, un mot au mot « amour »,
Car sans lui la chanson de mai n'est pas finie.
Ecoutez donc, amis, le matin d'un beau jour,
Ces deux mots que redit la nature infinie,
Comme étant sa devise : « intelligence, amour ! »
Je trouve ces deux mots superbes d'harmonie :
Le premier fait sentir à l'homme le bonheur
Que donne le second. O devise de vie
Ayant pour fils le Bien, le Génie et l'Honneur !

Le bonheur et l'amour sont deux bien douces choses :
C'est le ciel toujours pur, les saisons sans hiver,
La fleur jamais fanée et l'arbre toujours vert,
Enfin, c'est le Destin tout couronné de roses !

—⚬—

C'est joli, c'est signé : mais ce nom, c'est le mien !
Le mien, oh ! j'ai bien vu ! je me rappelle bien.
Quand j'écrivais cela, j'avais vingt ans à peine,
Je ne vivais pas seul comme vit un maudit !

Lorsque j'étais enfant, si j'avais quelque peine,
Quelque mal, un chagrin, bien gros ou bien petit,

Ma mère, d'un baiser séchait vite mes larmes,
Mon père, d'un seul mot, endormait mes alarmes,
Et j'avais des amis : que sont-ils devenus ?
J'étais intelligent, j'étais heureux de vivre ;
Travailleur, j'écrivais un jour mon premier livre,
Ses feuillets aujourd'hui me sont presque inconnus.

Que c'est bon, n'est-ce pas ? d'avoir l'intelligence
Et de dire : je vis, et de dire : je pense,
Et de pouvoir aimer le Grand, le Bien, le Beau ;
De se sentir, enfin, quelque chose au cerveau.
Oh ! c'est bon, n'est-ce pas ? Et pourquoi donc, Souffrance,
Avoir flétri, détruit en mon cœur l'Espérance
Qui seule peut donner le courage et l'ardeur,
Qui nous fait vivre, enfin !
                                   Oh ! pourquoi donc, Malheur,
M'avoir brisé ? Pourquoi m'avoir arraché l'âme ?
Mon être n'y croit plus. Je ne sais plus le Bien ;
Si je suis encor homme, hélas ! je n'en sais rien.
Tout fut brûlé chez moi par une horrible flamme,
Même le souvenir, même le sentiment.
Si je ne suis pas mort, je ne sais pas comment....
Et je souffre pourtant ; je suis comme un homme ivre
Qui sent bien qu'on le frappe et ne se sent pas vivre.

Que m'arrive-t-il donc ? Où suis-je en ce moment ?

Comment suis-je tombé ? Comment s'ouvrit l'abîme

Où mon cœur a roulé ?

        Je regardais la cime,

Ignorant le péril ; je marchais bravement ;
Puis, un jour, le Malheur, ce monstre horrible, informe,
Posant sur moi, chétif, sa griffe lourde, énorme,
M'a brisé, m'a broyé. Malheureux, qu'ai-je fait ?
Lorsque j'eus tout perdu, pris d'une terreur folle,
Un soir que j'avais faim, oh ! c'est un grand forfait !
J'ai volé pour manger. —

        On condamne qui vole ;

Je fus pris, condamné. Puis, lorsque la prison
Se ferma sur mes pas, je perdis la raison,
Et mon cœur se fondit sous l'excès de souffrance,
Car la Honte, en entrant, en chassa l'Espérance. —

Quand j'eus fini mon temps et qu'on me mit dehors,
Pendant deux jours entiers, errant à l'aventure,
Je marchais comme un fou, j'étais à la torture ;
Puis j'eus faim de nouveau. Que devenir alors ?
Brisé, meurtri, vaincu, la tête chancelante,
Le désespoir au cœur et la tempe brûlante,
Je m'arrêtai. Hélas ! j'avais faim, j'avais faim !
Je courus aux passants et je tendis la main.
Je priais, je pleurais, je demandais l'aumône ;
A demander ainsi tout un jour se passa.
Il est des malheureux auxquels aucun ne donne,
Et j'étais de ceux-là. Puis on me ramassa,
Sur la plainte d'un vieux qui se disait aveugle :
« Arrêtez donc, dit-il, ce mendiant qui beugle

» Sans être autorisé. »

             Je m'élançai d'un bond
Pour fuir, quand, au collet, je fus pris par un homme,
Reconduit en prison. Mais c'était mieux, en somme,
Je n'étais plus voleur, j'étais un vagabond !

Traduit au tribunal, je vois un personnage
S'écriant fièrement : « Mendier à son âge !
» Mieux encor, cet homme est vagabond et voleur ;
» Au salut de chacun, oui, Messieurs, il importe,
» Il faut le condamner, ce fainéant sans cœur,
» Et pour la récidive, à la peine plus forte ! »
Donc on me condamna bien plus cruellement
Que la première fois. Puis je tombai malade
Et je pensai mourir ; il en fut autrement :
Conduit à l'hôpital, j'y fis un camarade :
C'était un malheureux, pourtant un brave cœur,
Qui, comme moi, pleurait en songeant à sa mère ;
Sans lui tout avouer, je lui dis ma misère,
Et cet homme eut pitié de moi, de mon malheur.
Je voulus vivre encor, je tenais à la vie ;
Le temps qui s'écoulait, pendant ma maladie,
Sur le livre d'écrou raya le prisonnier.

  Je sortis ; mon ami quinze jours fut mon hôte,
M'enseigna son métier. Un soir je pris la hotte ;
Remontant d'un degré, je devins chiffonnier !

— ∞ —

L'homme avait parlé haut; seul et caché dans l'ombre,
Je l'avais entendu ; je lui vis incliner
La tête de côté, puis j'entendis en nombre
Des pas se rapprocher; je fus me promener.
A peine avais-je fait quelques pas dans la rue,
Qu'une ronde de nuit vint s'offrir à ma vue :
Le chef se détacha, venant au chiffonnier :
« Allons l'homme, dit-il, ramasse ton panier. »
L'homme ne bougea pas. — Il n'entend pas, peut-être,
Disais-je en m'avançant. — Il toucha l'homme au bras
Et voulut le lever, mais il ne bougea pas.

Comme étant médecin, je me fis reconnaître,
En le touchant je vis que le pauvre était mort.
Tout était bien fini, je ne pouvais rien faire.
Je le dis au sergent ; c'était un homme fort :
« A la Morgue, dit-il, puisqu'il a son affaire. »
Moi je pris le papier qu'il tenait à la main ;
Avec quatre fusils on fit une civière,
On le fit enterrer, au jour, le lendemain,
Et tout seul je suivis à pied son humble bière.

EDMOND FÈVELAT

Paris. Juin 187...

4872. — Grenoble, imp. Dauphin et Dupont, rue des Prêtres, 1.